닻을 내린 그 후

닻을 내린 그 후

초판 발행 ǀ 2016 년 4월 20일

지은이 ǀ 김미선
펴낸이 ǀ 신중현
펴낸곳 ǀ 도서출판 학이사
　　　　출판등록 : 제25100-2005-28호
　　　　주소 : 대구광역시 달서구 문화회관11안길 22-1(장동)
　　　　전화 : (053) 554-3431, 3432
　　　　팩스 : (053) 554-3433
　　　　홈페이지 : http : // www.학이사.kr
　　　　이메일 : hes3431@naver.com

ISBN _ 979-11-5854-022-7 03810

닻을 내린 그 후

김미선 시집

學而思 │ 학이사

시인의 말

부쩍 잔망이 늘었다.
날이 갈수록 짙어지는 이 순정!
고향의 물결은 세월없이 파도치고 있지.
아버지 접붙인 뜰 안의 목련꽃송이에 담겨서
출렁거리고 있지.
저만치 갔다가
다시 되돌아오는 바람의 발자국은
순리를 거스르며 눈을 부라리고 있지.

2016년 4월
김미신

차례

제1부 _ 저 섬, 깊이와 넓이

아름다운 채움 _ 제2부

제3부 _ 사유의 바다

배 한 척 _ 제4부

제5부 _ 선주船主의 딸

제1부
저 섬, 깊이와 넓이

적막에 갇혀

바다에 마음 쏟아 붓고 산 세월

위로하며 잊혀가는 그 이름들 불러본다

겨울 장미

흰 장미가
그네를 탄다
싱글벙글 웃으면서

사는 일은
그저
오르막 내리막길이라며

구순의 삶,
허공에 놓아버린 백발의 할머니
놀이터에서 그네를 탄다

접붙이기

일요일 저녁이면
흥해* 냄새 둘러쓰고
마음 비빌 둥지 향해
날아오는

허기진 기러기, 당신께
오늘은 꼭 내 마음속
상련의 가지를 잘라
접붙이기하리

멍울진 가슴속
샤프란 향기로
그윽이 채워 드리리
그 꽃말 잘라
청춘의 향기 채워 드리리

* 흥해 : 포항 인근의 지명

스민다는 것

스민다는 것은
깊디깊은 수렁에 천천히 빠지는 것
물에, 바람에, 불길에 가라앉는 것
훤히 들여다보이는 잔잔한 강이거나
소슬바람이 마음 산란케 하거나
마지막 붉은 노을이어도
안에서 밖으로 향한
마음이
또 다른 떨림에 깊이 젖는 것

닻을 내린 그 후

이 핑계 저 핑계로 찾아뵙지 못하고
세월 넘겨 찾아뵈오니
아버지 풀 속에 누워
씨를 뿌리고 계시더라

뫼풀들과 소곤소곤 얘기 하시느라
본척만척 하시더라

이생의 모든 업 다 풀고
풀 되어
바람하고도 한 몸이 되어
춤추고 계시더라

못내 섭섭하여
모퉁이 돌아서서 훌쩍거렸지만
이제 걱정 안 해도 되겠더라

소복소복한 뫼풀 울타리 안겨
꽃과 나비도 부르고 계시더라

바다로 간 푸른 말

통통거리는 작은 배
그 푸른 말
평생 타고 다니셨다
날마다 말 등에 실려서
몇 날 며칠, 끝없던
검푸른 사막
가도 가도 쉴 곳 없는
천지 사방 물 무덤뿐인 불안 속
닻을 내리셨다
바다 깊숙이 던져 넣은 통발
내일을 당겨 올려
물칸 가득 붕장어 싣고
만선의 깃발 통영항구 드나들었다
나, 한 번 간 적 없지만 초조한 마음
늘 안방처럼 드나들던 동지나해
아버지
청마 갈기 세우고 만파 박차고 다니셨다

둥근 함정

한 보름
어둠 속에 맴돌던 얼굴들
달 뜨는 저녁이면
즐거운 이야기하며 걸었다
달빛에 발 푹푹 빠지며

야들야들한 이야기 꺼내어
어깨 맞추며 걸었다
밤하늘과 별
달과 우주와 바람을
아주 작은 달맞이꽃을 이야기하였다

삶이란
갓 잡아 올린 생선처럼 팔팔하다가
이내 시들해 버린다며 터벅터벅
내려오던 달빛 산책하던 이들

영감바위, 할매바위

저 섬, 미륵도
낭낭 끝에 신이 산다
나지막한 만灣, 돌개미곶串

물길 밟고 따라간 길
아슬아슬 가부좌 틀고 앉아
불끈 솟아 힘줄 세워
섬 씨앗 지키느라

천 년 세월
통영 앞바다 섬들
자그락자그락

함박 등 넘어
영감은 청 비단 깔고
할매는 노을 비단 깔아
서로의 란卵 흘러 보내며

팥국수

아버지 먼 동지나해 조업 가신 날
태풍이
바닷속을 뒤집어엎고 있었다
라디오에 귀 붙인 채 식구들
무릎 모으고 조마조마 날밤 지새웠다

섬을 쓸어내리려는 듯
양철 풍채* 뒤집으며 세게 내리쳤다
언니는 국수를 밀고
나는 아궁이 불 지피지만
기어 나오는 불길
생솔가지로 틀어막으며 팥을 삶았다

무쇠솥이 소용돌이치며 끓었다
붉은 팥물이
하얀 반죽 덩어리 밀어 끓는 동안
가슴 벽 쿵 쿵 고동치고 있었다

*풍채- 햇빛을 가리고 바람을 막는 차양(경상도 사투리)

저 섬, 깊이와 넓이

1.
시인들은 사람이 섬이라고
마음의 문 꼭꼭 닫아걸었다지만
여기 섬들은
항상 정 깊은 물길이 흐른다

대한민국 남쪽 바닷가 꼬랑지 꺾인 함박길 안에
추억 속 깜장고무신 찍힌 마을 속 이름
목에, 저 건너, 우무실, 굼터, 골에 독발, 아랫몰, 섯바들, 후력개, 나지막, 차암박, 밭등, 맨주름, 함박끝
앞바다엔 동섬, 붓섬, 진섬, 따까리섬, 이끼섬, 장구섬, 사량도, 추도, 두미도 긴가민가한 이름들 가물가물하다

2.
목에 춘식이네 모티 돌아가면 재곤네, 길도네
금자네, 종덕이네, 애자네 덕남네, 광기네, 종규네
맹자네, 현철네, 성남네, 섬돈네, 상호네, 둘금네, 서분네, 종락네, 봉실네, 경자네, 둘레네, 정이네, 춘이네, 성모네, 성만이네, 숙자네, 종근네, 영금네, 두자네, 명화네, 둘선네, 미

주네, 명순네, 쌍둥이네

    적막에 갇혀
    바다에 마음 쏟아 붓고 산 세월
    위로하며 잊혀가는 그 이름들 불러본다

빨간 저곳을 떠나며

돌아서면 발 끊어질 곳
통영 함박 친정집 빨간 지붕을 넣어
사진 찍고 또 찍는다
나무가 걸어 놓은 흑백 추억
언제 또 올 거니? 또 묻는다
못낸 정도 섭섭하여 눈물 찔끔거린다
길 따라 하얀 구절초가 손을 흔든다
멸치 잡으러 출항하는 기선권현망
오개도리가 긴 꼬리를 자르고 만다
철커덕 버스 타면 그만
길 끊어진다
모두 버리고 떠난 내 젖값은
몰래 흘리는 눈물
다시 도시의 불빛이 나를 부른다

바다 액자

이웃집 여자 이사가면서
바다 액자 하나를 선물주고 갔다

어딘지 모르는
바다 풍경은 반짝거리며 싱긋이 웃는다
섬에 배 한 척 백사장에 올라와 있다
파도를 숨기고 바람을 숨기고
바다의 오후는 잔잔하다

새까만 날들
나는 한때 저 액자의 풍경 속에 있었다
발을 담그며 헤엄을 쳤고
외딴섬 소녀는 노를 저었다

이제 햇빛이 썰물지면
선물 받은 바닷속으로
나는 맨발로 그냥 섬에 간다

그 촌놈 출세했네

봄비 내리는 날 빼대기 죽을 쑨다
마른 호박같이 달고
알찬 양대 같이 또렷하고
좁쌀 같이 말 많이 하지 말라던
아궁이 앞 쪼그린 부지깽이 공부
까만 말씀 보글보글 달게 쑤어 먹는다

춘궁기 해풍이 주린 배 채워주던
물 한 바가지
금세 배불뚝이 만들던 그 시절
지겨웠지만 그 빼대기가
부잣집 밥상에 오르니
그 촌놈 날개 달았네
진짜 출세했네

바다소

이랴, 가자! 더 넓은 바다로
깊은 바닷속 헤엄치는
고기 투망하러 가자

나침판 따라가자
별을, 달을 따라가자

한 보름 온 식구 애간장 끓여 놓고
바람도 파도도 겁 없이 헤쳐 가신

어부 태우고 돌아오는
통 통 통
바다의 소
짙푸른 밭, 갈아 눕히며
힘차게 귀항하고 있었다

제2부
아름다운 채움

실낱같이 흘러오는 빛을 잡고

채움으로 시작하는

저 봄바람

저 깡다구!

영남루 강 건너 솔밭 사이
한겨울이 푸른 카펫 깔고 있다
남천강 휘돌아 가는 강변
기적 울리는 만 년을 새긴
암각화 그 바위 뒤
노랑이 오들오들 엎드려 있다
엉겁결에 불쑥 튀어나오는 말
아, 민들레 민들레야
일만 년 흘러서 여기 왔느냐
바위 뒤 숨어서
또 얼마나 갈기를 휘날리려느냐
엄동설한 노랑햇살 퍼뜨리는
연약한 봄

저 깡다구!

목련 발걸음

오십 살 먹은 목련
만개한 꽃 보러 갔다가

먼 팔공산 시린 하늘 바라보며
해마다 얼어 만나지 못한 꽃

세상이 모든 꽃 문을
하늘 인연 활짝 닿았는지

사월 초사흗날 할 말 잃고
뒷마당 놀러온 촌닭들과
목련 아래 반나절 실컷 보냈다

상사화

별이 된 남자
내 첫 사랑
먼 우주여행 떠난 뒤
온갖 그리움을 추억의 향기로 보내시더니
이제는 꽃만 배달 보내시네

첫해는 대문 밖 백여 일
피었다 지는 배롱 꽃으로 살펴보려 오시고
두 번째 해는 초록 물결 속 연꽃으로 오시고
세 번째 해는 연분홍 하얗게 물들이는 벚꽃으로 오시고
네 번째 해는 밤마다 몰래 동백꽃으로 오시고
목련으로, 맨드라미로, 코스모스로, 복사꽃으로
아홉 번째 해는 고향 언덕에 피는 춘란 꽃으로 오시고
열 번째 해는 손 활짝 편 팔손이 꽃으로 날 부르시더니
이십 년 지난 지금 상사화로 피어 오시네

풀이라 하자

살면서 사소함으로
토닥거린 날
마당 한쪽 차지한
소복한 풀을 본다

씨앗이
바람 타고 날아와 발 내린 풀
들여다본다

그래 나도
차라리 풀이라 하자
풀이 아니면 풀 속에 피는
꽃이 되기로 하자

밟혀도 다시 일어서는
다시 일어서야 하는
저 작은 풀들 같은

동백꽃

통영 어선들 조업 나가는 뱃길
새벽바다는 쪽빛 저녁엔 놀빛
모두 다 그리움이다
두 살 된 아가
이키섬 땔감하러 가는 덴마 타고
어머니 품에 안겨 섬에 갔다

울울창창한 동박새 울음 우는 숲
간간이 젖 빨다가 잠들었다가
볼이 익어 발그레 지는 저녁이면
실바람이 물살을 쓸었다는
어머니의 추억

이제 지천명 되니
사철나무 흰 겨울 사이로
누군가 동백 피었네 하고 부르면
나도 동백, 동백거리며
타향살이 서러움 녹아내린다

꽃 안녕~

따뜻한 봄날
두 살배기 하율이 손잡고
타박타박
놀이터 가는 길

하율아~ 저기 봐
매화꽃이 피었어
매화 매화꽃
처음 보는 꽃이지

꽃, 꽃, 꽃
꽃 안녕,
덧붙이는 하율이 인사법

놀라워라

연신 눈 익히며
꽃 안녕~ 손 흔드는
작은 천사 하율이

봄 편지

봄비 내리는 날
전화를 건다
어머이 잘 있어요?
하모 잘 있다

어릴 적
아버지가 심던 맨드라미 씨앗
편지봉투 속에 넣어 보내오니
집 앞 뛰놀던 자리
봄비 내린 뒤 꼭 뿌리라고요

어디로들 다 떠난 빈 마당
맨드라미 꽃 피면
보고 싶은 식구 보듯
꽃 보며 살고 계시면
씨앗 여물 때쯤
찾아 갈 테니

내 고향 함박에서

함박웃음 함께 피어 보자고요

어머이

하모하모꽃

비록 가난했지만
구순이 임박하도록 꽃을 피운다는 것은
기쁨을 꽃 속에 심는 일
꽃을 가꾸면서 올망졸망
아이들 키우던, 통영 해란댁의 한 시절

말 대궁마다 하모하모꽃 피우신다

털중나리

먼 바다 출항하는

뱃머리 따라 나섰다가

수평선에 꼬리 잘리고

난 부러워

바위에 누워 허공 헤매며

훌쩍거리고 있을 때

벼랑에서 내려다보며

철없던 아이 울음 뚝 그치게 했던

그날, 그 주홍빛 미소

도둑고양이를 찾아

봄은
저 멀리 남쪽 바닷가
올망졸망한 섬 건너뛰며
도둑고양이처럼
살금살금 오고

고양이 발톱에 할퀸
이월 햇빛은
꼭꼭 숨은 봄의
머리카락 찾아
매화 꽃향기를 수소문하고 있다

꽃들은 샤워 중

사월 바람이
산들거리는 허공에
거품 보글보글 불어 올린다
한 방울 두 방울 흐드러진 꽃들
하늘목욕탕에 따라 들어간다
봄꽃들
모락모락 뜨거운 김 피워 올린다
겨울 때 벗겨내던 수양버들
하늘의 뽀얀 살결이 눈부서
눈초리 얼른 내리깐다
꽃들은 사월 바람에 샤워 중

해동 解凍

한동안
쓸쓸했던 것
꽃과 꽃이 등 돌렸던 것
혼자 찬밥 먹었던 것
적막했던 내내 전화 없던 것
이별했던 것
그래서 고개 숙여 울었던 것
밤새 떨고 있던 것
촉촉이 어루만져주며 녹인다
힘든 생을 피해 멀리 갔던
꽃이 잎이 돌아오지 않아도
서로 사랑해야 한다며
봄은
내 마음에서부터 와야 한다며

아름다운 채움

삼월 바람이
기침소리 가득 찬
달력을 밟고 지나간다
겨드랑이까지 파고든 겨울이
새벽같이 떠난다
다시 보도블록 틈 사이
눈곱만한 연초록이 빈곳을 채운다
지난 기억 찾아
푸른 맥박 짚으며 돌아오고 있다
실낱같이 흘러오는 빛을 잡고
채움으로 시작하는
저 봄바람

덤

반딧불 농장 찾아간다
휜 골짜기 오를수록 등이 굽는다
내리막길 따르는 물소리 따라
굽이굽이 휘돌아 오르는 길
벼랑 끝 구절초 꽃다발 흔들고
도토리 후두두 길바닥에 떨어진다
인적 드문 산길 청설모 날다람쥐
곳간 가득 채우느라 가을이 바쁘다
빨갛게 여문 초피나무 사이로
밤나무가 툭 투두둑 제 열매를 떨어뜨린다
나무들 덤으로 주는 인심
점심 끼니 지나친 걸 아는 걸까
가시 돋친 밤송이는 제 몸 열어젖힌다

연화산 얼레지

숲은 바람 한 점 없고
오래된 나무들만 남겨두고
어린 나무들 모두 재가 되었다

지울 수 없는 발목 검게 탄
흉터 가진 소나무 검은 완장
하나씩 끼고서 연화 숲 지킨다

연화산 언덕
눈물의 조각구름 통곡 알리며
측은히 고개 숙인다

제3부
사유의 바다

창문을 연다

사랑이 고갈된 외로운 밤

잠들지 못하고 달빛 멍하게 바라본다

시, 그것

별들이 밤바다에

은비늘 반짝이는 물고기 되어

헤엄치다가

낮이면 눈 깜박할 사이

햇빛 타고 하늘 오른다

은빛 반사하는

밤하늘에 꽃, 바다의 별

죽은 것들도 다시 살릴 수 있는

신비한 그것!

족문足紋
- 날개를 위하여

며칠 전부터 걸레질만 한다
밤낮없이 닦고 있다
팔십 평생 살아온 자국
다 닦아버릴 모양이다

한 가족 밥을 위해
그 얼마나 많은 길을 걸으며
발자국 족문足紋 찍었겠는가!

가서는 안 되는
길에 갇혀
당신의 앉은자리
닦고 또 닦고 있는가

언젠가 가야할 먼 길
마음 가벼이
훨훨 날아가기 위해

그날 밤, 그냥

언젠가 월포 바닷가에 발자국 콕콕 찍으며
그 사람이 불러준 옛 노래

바람은
해란초 발 뻗은 모래 속에 묻어버린
그 노래 부르고 있었네
그 흔적 모래 위에 그리며
빗소리로 창문 흔들며

그 추억 어찌 아는지
개구리들까지 와글거리네

신호등

겨울 아침
주머니 속에 양손을 쿡 찔러 넣은
사람들

주고받는
그 어떤 말과 말 사이
하얀 입김이 모락모락 춤을 춘다
내 입김도 솔깃해져 그 속에 끼어든다

서로 어울려 건널목을 걸어간다
사람과 사람 사이
말초를 잇는 초록웃음이
세상을 향해 가지를 쭉 뻗는다

사유의 바다

창문을 연다

사랑이 고갈된 외로운 밤

잠들지 못하고 달빛 멍하게 바라본다

촐래촐래 골목길 돌며 꼬리 흔드는 개를 본다

버려진 사유 찾아

어둠을 뒤적거리는 자유로운 개

검은 비닐봉지 속 생선 대가리 꺼내

달빛 한 접시 버무려 물어뜯으며 힐끗거린다

오롯이 팽한 눈빛 마주쳐 흔들린다

시의 향기 물결친다

가지 뻗는다

겨울 강

갈대들이 눕는
눈 내리는 강
검은 새들은

먹이를 뺏으러 따라다니고
먹이 찾은 새는
뺏기지 않으려고 안간힘을 쓴다

갯버들 머리끝에서
텃새 한 마리 길게 고개 빼물고
세상 이쪽저쪽 번갈아 보고 있다

갯버들에 걸린 영혼

밤마다 도시의 변두리 샛강에 내려와
놀다가는 잡귀신들의 족적을 보았는가

작은 섬 기슭
강바닥에 엎디어 강울음 엿듣는 갯버들
가지마다 오색 띠를 두르고 펄럭거린다
샛바람에 멱살 잡혀 끌려갔다 찢긴 군상들
강물에 피를 씻어낸다

허다하고 진귀한 괴담 가운데
서럽고 욱신거리는 이야기
몽땅 나뭇가지에 걸어 놓는다
달 아래 별 아래서 빌며 밤새도록 아픔 달랜다
오만 귀신 다 나와 한바탕 굿판을 벌인다
바라보면 그렇게 웅성웅성거리고 있는
슬픈 군상들

우포늪에서

1.

안개비가 낙엽 위에 앉은 저녁을 적시고 있다
늪을 써레질한 새들 날개 접고서
제 깃털에 잠잠히 휴식의 고개를 묻는다
물 내음 날리는 둑길에서
마지막 가을꽃 향기 길어 올리는 밤하늘
꾸르륵 꾸르륵 늪은 산고를 겪는다

2.

새벽녘
구름 날개 치며 새떼 늪으로 날아들고
안개 바람에 실려 온 물방울
갈댓잎에 조롱조롱 매달릴 때
불그레 양수 토하는 동쪽 하늘
세 개의 해가 솟아오른다
하늘에
땅에
내 붉은 알몸에

새떼

가을 하늘 높이 찬바람이 불었다

회향하는 나뭇잎은

새떼 되어

군무 추며 떠났다

휴대전화기가

가을을 저장한 자막을 끌고 지나갔다

곧 첫눈이 오시려나?

달

볼 때마다
콩닥콩닥 설렌다

나만 졸졸 따라다니다가
눈 마주치면

내 생각과 숨결
족집게처럼 빨아들인다

해진 저녁

새들이 날아간 강가를 걷다가

장난삼아

강물에 던진 돌멩이 하나에

파문이 진다

놀라는 그 무엇들

저들은

나보다 더 많은 외로움 입질하며

말없이 살아가는가

산장의 여인

풀리지 않던 세상사
굽은 등골에 덧나던 가려운 상처
도끼빗으로도
닿을 수 없는 것

내 뱃속에서 나온 자식들이지만
내 마음대로 할 수 없어
등긁이 찾다가

불호령이시던 아버지
다짜고짜 도끼눈 뜨시고서
힐끔 쳐다보시던 이유
이제야 알겠다

르배*에서

살구나무 아래 찻집 르배
뒷마당 주홍색 석류 꽃잎은
흐린 하늘 보고 있고
유월 해가 구름을 걷어내며
몇 개의 열매를 세고 갔다

파라솔은 꽃잎을 실어 흔들고
나무에 매달린 새까만 열매와
땅바닥 적멸한 꽃을 향해
바람은 진혼곡을 부른다

어디쯤 오고 있을 한 사람을 기다리며
석류나무 아래서 유월의 시를 읽는다
구절마다 푸름 가린 유월의 상처
꽃 진 자리 내려다보며 비목을 노래한다
내 가슴 찌른다

*르배: 커피와 제과를 파는 집

나 없는 동안

늙은 유모차는
맨드라미 빨갛게 꽃피운다

동백들은 저대로 피어 툭 투 둑
밀감은 주렁주렁
숭어는 펄떡펄떡 뛰는 동안
담장 구멍 사이로 배는 돌아온다
바지랑대는 종일 구름을 받쳐든다

갈매기 웃음소리 가득한 고향 뜰
어른들은 종일 식구들 이름 부르고 있다

제4부
배 한 척

의지가지 없는 들판에 서서

허공 붙잡고 커오를 때 불어 닥친 태풍

발부리만 쥐고 얼마나 버티었는지

구름 속 침묵하는 별들은 알리라

순간 스위치

꽁꽁 얼어버린 겨울
엘리베이터 버튼
손만 갖다 대면 번쩍!

반가운 친구 손잡으려 해도
풀어진 긴장 항시 노리는
순간의 스파크!

세월 지나
뺀질거린 그와 나 사이

데면데면하며 티격태격
언제 이런 정전기 한 번
일어났던 적 있었던가

쥐에 물리다

천장 쥐 쫓다가 밤이 가버린 새벽
어머니는 몸 두들기다
또 쥐가 난다고 다리 꺾이며 툭 구부러진다
나는 무서워 어머니 품에 파고들었다
다음 날 어머니 몸 아무리 둘러봐도
쥐가 돌아다니는 것 확인할 수 없었다
중년 들면서
펴지지 않는 허리 찌릿찌릿한 머리통
힘 빠진 팔다리 오금 접혀
발목 시퍼렇게 멍들어 절뚝거린 날
쥐에 영락없이 물렸다는 것 알았다
내 몸 구석구석 가끔 출몰하는 쥐를 잡다가
고향집 지키는 어머니를 생각한다
쥐는 어머니를 물고
어머니는 그리움을 물고

흉추부 염좌*

기침 몇 번 했을 뿐인데
뼛속 깊이 바람이 든 것일까
결리는 등 가장자리
팔 길게 뻗어
손끝 닿을 수도 없는 곳
이렇게 저렇게 몸 돌려 봐도
나를 괴롭힌다
어깻죽지 밑 움푹 팬
확인할 수 없는 곳
고양이 꼬리 방울 달아놓은 듯
마음 가장자리 누르고 있는
고장 나 멈춘 기계
보이지도 닿지도 못하는
감감한 그곳
지금 가장 큰 슬픔이 고여 있는
갱년기

*흉추부 염좌 - 등이 결려 아픈 증상

이명

이 밤 잠들지 못하고
우리 집 괘종시계
똑딱똑딱 속삭인다
또록또록 까만 눈 뜨고
까르륵까르륵 깨무는 어둠 속 단조
청낭자도 풀잎에 앉아 잠든 밤
오로지 혼자만 특별한 시간 깔고 앉아
귀 쫑긋거리며 귀뚜라미 노래를 듣는다
누가 한마디 말 던지기라도 하면
멈춰 버릴 것 같은
어둠 속 용수철 튀어올랐다 쓰러지며
새벽 3시를 건딘다

비문증

귀신이 씻나락 까먹는 모습 보인다
3차원 세계 너머 4차원 입체적 영상
시시 때때로 눈꺼풀에 번개 친다
찰나 증명할 길 없다

아득히 먼 우주 날아 온 미세먼지
하필 눈에 들어 눈지방 들락날락거려
세숫물에 눈 깜박거린다
헹구어내어도 씻기질 않는
각막 속 날뛰는 돌연변이
너는 안 보이고 나만 보인다

공중 화장실에 앉아
때 이른 모기 잡으려다 놓쳐버린
슬픈 착각 입체적 영상 유발하며
팔팔하던 삶, 기氣 팍 죽는다
세월 이기는 장사 없다는 말
기 펄펄 살아난다

올케 김순덕

이날 이제껏 남해안 물결마냥
일심一心으로 산다
물때 맞춰 앞바다 가로질러
이끼섬 해초 따러 떠난 자리
팔순 홀시어머니는 종일 안절부절
수평선 물길만 한사코 또 바라본다

이십 리 물길 마다않고 섬에서 사량도까지
가랑잎 보트 띄워 시할아버지 시아버지마저
밤낮 돌보며 치송한 여자
썰물에 양식 닻 내려놓고
닻줄 당겨 올리느라 몸 다 망가졌다

친정 갈 적마다 먹을거리 달랑 들고 와
맛나게 까먹기만 했던 이 시누이
고맙다는 말 한마디 건넬 줄 몰랐으니
재바르시고 겸손한 복덩어리
참말로 욕보요*

*욕보요 - 수고 많아요(경상도 통영 방언)

희망가

바닷가 어머니들
아침 눈 뜨는 작은 섬으로
매퉁이 뛰듯 폴짝폴짝 뛰어간다

밤사이 잔물결 헤치며
설렁설렁 노 저어
닿았을 것 같은 섬

섬은
떨어져 나간 당신 살점

어두운 물길 따라오다 끊어진
인연 기다리며
자나 깨나
어머니들은 희망가를 부른다

눈물 박음질

섣달 그믐밤
일 년 중 머리통 찌근찌근
아프게 했던
찢어진 시간의 상처를 깁는다

방망이질한 걸레
천 갈래 만 갈래 해진 심장
몰래 꺼내어
어머니, 훌쩍훌쩍 박음질한다

앞날을 밝힐
아침 해 기다리며

이방인

고향 바다에
겨울비 내린다

한 시간에 한 대씩
사발개 산 밑 통영버스 지나간다
이별 재촉하며 시선 돌리시는
어머니 등쌀에
쫓기듯이 보따리 싼다

대문 걸어두고 떠나버린
숭숭 헐린 고향 어귀
걸어 나오며
뒤돌아보고 또 돌아본다

가슴속 응어리
따라오지 말라고
차창도 하늘도 속울음 우는데
버스는 사정없이 도시를 향해 달린다

도시는 만날 살아도 낯설고

고향은 가도 손님이다

별곡

아무 볼품없어도

내겐 보석처럼 빛난다

풀 한 포기도 나를 가르쳤다

아름답고 선하고 행복하게 키웠다

설렘은 날마다 물결쳤다

고향은 사람들 앞에서

무릎 꿇으며 공손과 겸손을 가르쳤다

나는 심장 기댈 뿐

장미나무 한 그루 그 언덕에 심지 못하였다

삶은 황무지였다

물도 나무도 숲도 논도 없이 애태운 그 사랑

내게는 웃으며 반짝반짝 손짓하는 정 깊은 곳

생장점

당신 떠난 후
내 심장 반은 그리움이 삼켰고

또 다른 반은
슬픔이 자리 잡고 앉아있으니

장맛비는
시나브로 내 사랑 씻어 내리고

그사이 눈물 머금은 새순, 뿌리 내린다
당신 목소리 날마다 다정다정 자란다

배 한 척

창가에 앉아 바라본다
포도밭 한가운데 버드나무 한 그루

의지가지 없는 들판에 서서
허공 붙잡고 커오를 때 불어 닥친 태풍
발부리만 쥐고 얼마나 버티었는지
구름 속 침묵하는 별들은 알리라

쓰러진 몸 일으켜 세우느라
이파리 찢기고
가지 뚝뚝 자르며
창문 흔드는 돌개바람

나는 창가에서
루사에 끌려가지 않으려는
한 척의 배를 봤다

골절까지 쑤시는 힘든 밤
아버지 배 한 척

너울대는 포도밭 가운데
길을 잃고 출렁거리고 있었다

육두문자와 바가지

오늘도 대폿집에서 나와
비틀비틀 팔자걸음으로 돌아간다
세상 향한 불만이 비틀거린다
어둠이 육두문자 쏟아내며 속을 푼다
옆에서 듣기만 하는 삼순네
그러거나 말거나
담장 타고 오르는 담쟁이만 본다
담장 구멍으로 보이는 바다만 본다

자정 훨씬 넘어 목 재끼는 박 씨
제 풀에 힘 떨어져 지쳐 눕고
밤새도록 코골며 한 밤 자고 나더니
지난밤 무슨 일 있었냐?
모른 척 시치미 뚝
방파제 바닷바람 해장하러 나와
아침 해 들고 다닌다
눈 퉁퉁 부어오른 마누라
바가지 박박 긁어 담장 넘기는 소리
되레 객소리한다며

씨X년아 지랄하고 자빠졌네

핀잔주는 윗집 박 씨

칠월바다

불덩이 안고
바다로 간다

살면서
한 가슴 저장된 화통 안고
파도에 속 시원히 몸을 던진다

파도 속으로 가물가물 사라졌다
다시 나타나는
삶의 고리들, 헹가래치는 척하다가
멀리 던져버린다

그러나 언제 또 돌아올지 모르는
그것들

제5부
선주船主의 딸

만선 꿈꾸는 깃발을 달 거야

해원 향해 노다지 꿈도 한 번쯤 꿀 거야

갈매기 섬 하나 보이지 않는 망망 해협

달만 보며 차오르는 말 목구멍에 밀어 넣는다

과거는 흘러갔다

은비늘 반짝거리며
양어장 고기들 포동포동 살쪄 커갈 때
사료의 앙금은 바닷속으로 가라앉아
어둡고 썩은 뻘 층층이 쌓았다
적조는 해안으로 밀려들어
하얗게 눈뜬 물고기 해안에 두엄을 쌓는다
어촌 농사꾼 가슴팍만 병든다
해안 조개는 폐사, 고기들은 도망치고
그물 당기는 어부의 어깨는 관절염을 앓는다
아름다운 나날은 과거로 흘러간다
첨벙거린 추억이 먼 바다로 떠난다
떠나는 황새가 내 눈을 빤히 쳐다본다

순전히 맹목적이었다

순전히 맹목적이었다

오지를 빠져나와 언덕에서 바라봤다
눈물 바람이 발목을 잡을 때 뿌리쳤던
어둠의 바다에 아픔을 묻어버리고
아침 해를 따라 나섰던 길

꿈길에 울부짖는 심장을 들고
내일을 향해 걸었다

비탈길을 걸어서 언덕에 서면
내 심줄 당기는 산이 우뚝 가로막고
끝없이 걸어갈 인맥 없는 수억 갈래의 길

심장을 등에 지고 걸었다
갈망의 끈 불끈 쥐고
또다시 순리의 길을 나섰다
아침에 뜨는 해를 따라

그리운 쪽의 풍경

항구의 선술집 평상에 걸터앉은
길수 아버지의 오래된 이야기
어릴 적 배 타며 밥하던 화장시절부터
선주가 되기까지 목숨 건 이야기가 술안주다
남자는 아찔한 총알 밭 지나
산맥을 넘어 풍랑 넘나든 이야기로
생의 일대기는 늙지도 줄지도 않는다

우려먹다 잊히며 살다가 갈 생
매일 달려오는 난생처음 꿈꾼
안태 고향 풍물 이야기
오개도리, 통구미 뒹구는 바다
양은냄비 둘러쓰고 삶아먹던 바지락
부표에 매달려 자라나는
한참 더 우려먹을 나의 고향 맛처럼

그 사람

문득
얕은 물여울이 물보라 철썩이는 여름 날
그저 바라본 바다 울음에
귀 기울여 들은 적 있었던가

문득
집집 갯바람에 바지랑대 펄럭이는
가족의 하얀 이력
바닷속이 본적이 아니었을까

문득
항구 맴돌던 갈매기 울음이
망부석 긴 목 훑고 지나간 뒤
차라리 흰 돛배 타고 고향으로 영영
돌아간다 치자

서쪽 연못

가네, 다 가네
꽃 피고 향기 날리던 시절
가고 있네
연밥 마이크 휘청휘청 추켜들고
마지막 묻고 또 물어보네

푸른 물결 감돌던
연잎에 뒹굴던 녹색 바다도
들판 가득 진흙 속에
깊이 묻어두고 가네

훨훨 바람 날개 달고서
이 세상이 좋았다고
새도 나비도 그리운 사람도
보고 간다고

높이 든 연밥 마이크
바스락바스락
마지막 바람 노래 부르며
가을 저녁 서쪽 하늘 끝 가고 있네

낯이 익다

마을 한구석 어딘가

허물어진 이 느낌

바닷속 눈 뜬 물고기들

언제 왔니?

혼자 웬일이니 묻지도 않는

낯선 이를 더 낯설게 하는

아버지 제삿날

바다는 누워 흐르다가

섬을 잡고 부서지며 사그라진다

몽돌밭

추봉도* 봉암마을
몽돌 밭에 한나절 놀며
물살에 씻기는 몽돌들과
아픈 친구와 실컷 노래 불렀다
까만 별똥 쏟아져 내린 해변
어쩌면 까맣게 타 버린 하늘 꽃
몽돌은 별의 눈물 아니었을까
개구석까지 밀려오는 파도 잡고
사그락사그락
파도 한 번 밀려들 때마다
눈물이 사그락사그락 삭는다
얼룩진 상처 후련하게 씻기고 나면
햇살 따라 내 추억도 반들반들 웃는다

*추봉도 - 한산도에 속한 섬

반야월 연밭

노랑 어리연꽃 가시연 보라 개구리밥
수평선 저 멀리 연꽃 그리움이
너풀거리며 웃는다
종종거리며 엄마 따라다니는 새끼오리
물고기 잡느라 첨벙거리던 고양이도
침묵 자리 깔고 눕는 저녁
갈대 늪 새들이 속삭거리면
눈시울 붉게 적시며 끌려가는
서쪽 노을빛 미련의 하루
푸른 기억을 꿀꺽 삼킨다
넘실거리는 물결 위 나를 눕히면
둥둥 떠서 섬으로 흘러갈
도시 속 푸른 바다

바람의 맨발

고향 곁으로 가리라

달빛 별빛 닿을 때까지
슬픈 것은 슬픈 대로
기쁜 것은 기쁜 대로
분홍 야광충이 밀려들어
꿈을 산란시키는 해변으로
금빛 거품 물고
맨발로 실려 가는 파도처럼
바다를 밟고 가는 바람처럼

기억해요

세월호
저 큰 배를 본다

어릴 적 내가 아끼던 사람
대문을 열어 둔 채 새벽길 방파제로 나간 후
배에 누워 돌아왔다

남겨진 것이라곤
억장 무너지며
청천벽력 내리치던 그날

평생 가슴 훑어 내리게 하는 일
폭풍이 칠 때마다
꺼이꺼이 애간장 녹게 하는 일

선주船主의 딸

만선 꿈꾸는 깃발을 달 거야
해원 향해 노다지 꿈도 한 번쯤 꿀 거야
갈매기 섬 하나 보이지 않는 망망 해협
달만 보며 차오르는 말 목구멍에 밀어 넣는다

그물 당기는 어부의 심경 헤아린다
어둠 내린 바다는 또 얼마나 으슥하고 침묵하는가!
등대도 없이 간신히 태풍을 피해 귀항해야 한다
태풍에 눌린 선원의 거친 입심은 투박하고 끈끈하다
난 말만하며 그들의 이야기에 귀 기울일 뿐

바람에 쫓겨 정박한 소흑산도
선술집 창가에 흘러나오는 젓가락 장단
태풍을 달래다
몇 날 며칠 배 바닥에 엎던 선원
바람이 잠잠할 때를 기다린다
조용히 숨죽이며 햇살 피어오를 때 기지개 켠다

좋은 날 어획하여 오색 깃발 날리면서

가자, 항구로! 신나는 귀항 길
한 보름쯤 지나 돌아오는 배
별들도 갈매기 따라 깔깔거린다
달은 조급하게 바닷길 비춘다

다시, 기억해요

오래전 식구 한둘 먼 바다로 보낸 사람들
곡하며 또 곡하고 살았네
눈물이 되어 버렸네
행여 지금 헤엄쳐 오고 있을까

날만 새면 바다의 울음소리에
수평선으로 눈이 먼저 뛰어가네
밤마다 등댓불에 심장을 기대네

나는 바닷속
아홉 동가리* 장난에 홀리지만
밀려드는 물결에 물러설 뿐
육지로 도망쳐 끝내 바다가 되지 못했네

*아홉 동가리 - 작은 아홉 줄무늬 물고기

물동이에 달을 담다

열다섯 살에 배타고 시집와
갯바람이 검게 태운 아낙네
사철 들물 썰물 바다 농사
밤이면 덴마 노 저어
물동이에 달 담아 날랐다

창운호객선 타고 통영
오일장 고비길 이제 오르지도 못한다
아들이 궁리 끝에
트럭에 땅 몇 평 가득 싣고 와
바다 곁에 부려 놓았다

굴 껍질 바수어 남새 가꾸더니
섬 여인의 버릴 수 없는 이골
에헤야 디야 에야디야~
물동이에 담은 달 두드린다

사랑 압축파일

하룻밤 같이 잤을 뿐인데
컴맹의 압축파일 잘 푸신 듯
얼굴 주름살 펴서 생글생글하다
어머이
나, 이대로 그만
유자밭 저 뻐꾹새 소리 들으며
바지락이나 캐고 굴 해초나 따며
살아버릴까
뭐라꼬? 눈 흘김
그것이 어머니 사랑법이다

시렁 위에 올려놓은
먹을거리 챙기는 굽은 허리
점점 커지는 딸의 보따리
나는 또 풀어놓고
어머니는 싸매고 실랑이 벌이다

신신당부하는 애절한 단어들
대문에 못 박는 듯

쏘아붙이다 꼬리 끊어지면

어머니의 폴더

기다림은 또 압축 시작이다

두 번째 내 시간의 단을 묶으면서

스무두 살 통영에서
육지 사내와 눈 맞아 시집을 왔다.
빨강 열매를 쥔 사철나무 부케를 들고
풍습에 따라
흰 손수건 흔들며 함박 앞바다를
세 바퀴 돌고 대구라는 도시로 입성했다.

바다 건너고 강 건너면 황금빛 도시가 있을 것 같았다.
자동차들이 무지개를 싣고 미래로 달리는 것 같았다.

점점 사라져가는 꿈의 꼬리를 잡고 뭍에서 25년 되던 해
첫 시집 『섬으로 가는 길』로 내 희로애락의 단을 꼭꼭 묶었다.

흐지부지 보낸 시간의 실책과 따르는 충격
여파를 물리치기 위해
그 십 년 후
한 번 더 인생의 단을 서툴게 엮어 본다.
여차하면 그는

물도 귀한
오로지 바다와 배만 떠 있는 그 섬에서 내게
출세했다고 가슴 근육을 자주 불룩하게 내밀곤 했었다.

그래, 유명시인 몇 분이
내 고향 함박마을 시를 지어 찾아 오셨으니
분명 출세한 것은 사실이다.

헝클어진 실꾸리 풀 듯 아버지 어머니 그립다, 그립다며
내 추억의 보석함을 열어 반짝반짝 빛나도록
쓰며, 말하며
동백꽃 지는 줄 모르니
인생에 있어 이런 출세가 어디 흔하겠는가?

더불어 적막에 갇힌 가족과 형제, 친구를 위하여
이제 부엌 아궁이 속 잿더미에 같이 묻어둔
고구마, 빼대기를 꺼내어 진한 핏줄의 정을 나누어 먹어야겠다.

늘 따뜻한 웃음으로 맞아주시는
문인수 선생님, 정숙 선생님, 심후섭 선생님과 여러 문우님께
감사드립니다.

선주船主의 딸

정 숙(시인)

　해풍을 먹고 자란 채소는 간이 간간하게 잘 스며들어 있어 맛이 있다고 한다. 그래서 그런지 김미선 시인은 정이 많다. 정이 많아도 넘치게 많으면서 때론 갯바람처럼 까탈스럽기도 하다. 시인의 무뚝뚝한 성질 이해 못하는 이들도 많지만 너무 순수해서 고집이 센 이들을 많이 봐 왔기 때문에 필자는 그녀를 이해하고 껴안지 않을 수 없다.

　시인의 머릿속엔 온통 바다와 아버지 고향 생각뿐인 것 같다.
　평생 아버지와 통영 바다 그리고 함박도에 갇혀 있을 시인은 오늘도 시란 바다에서 노를 저으며 거친 풍랑을 견디려 시 공부를 다시 하고 있다. 사실 고고한 자만심을 버리고 새삼스레 다시 공부한다는 것은 큰 용기가 필요한 것이다. 이 또한 바닷바람 같은 시인의 큰 그릇 때문 아닐까? 육지 사람이 경험할 수 없는 바다의 비밀을 가슴에 많이 간직하고 있는 시인은 자신이 대단한 보물창고를 갖고 있는 걸 알고 있을까?